푸른사상 시선 135

사북 골목에서

푸른사상 시선 135

사북 골목에서

인쇄 · 2020년 11월 17일 | 발행 · 2020년 11월 23일

지은이 · 맹문재
펴낸이 · 한봉숙
펴낸곳 · 푸른사상사

주간 · 맹문재 | 편집 · 지순이, 김수란 | 마케팅 · 한정규
등록 · 1999년 7월 8일 제2-2876호
주소 · 경기도 파주시 회동길 337-16(서패동 470-6) 푸른사상사
대표전화 · 031) 955-9111(2) | 팩시밀리 · 031) 955-9114
이메일 · prun21c@hanmail.net /prunsasang@naver.com
홈페이지 · http://www.prun21c.com

ⓒ 맹문재, 2020

ISBN 979-11-308-1721-7   03810
값 9,500원

푸른사상
시선
135

사북 골목에서

맹문재 시집

푸른사상
PRUNSASANG

  광산촌을 제재로 한 작품들을 모아 한 권의 시집으로 묶는다.
  오래전부터 내고 싶었는데, 내가 광부가 아니기에 선뜻 실행
할 수 없었다.
  그러다가 사북항쟁 40년이 되는 해여서 용기를 내었다.

  농부였던 아버지께서 한때 사북에 계셨다.
  중고등학교 방학 때 몇 번 찾아뵌 것이 전부였다.
  그렇지만 새카만 장화며 도랑물이며 질척이는 골목을 잊지
못한다.
  어찌 잊을 수 있겠는가.

  사북을 비롯해 태백, 삼척, 문경, 화순……
  광산촌에서 살아온 분들께 감사의 인사를 드린다.

  하늘에 계신 아버님께 부족한 시집을 올린다.

2020년 10월 한글날
맹문재

제2부

제3부

제4부

제1부

사북

일찍이 찾아가 자본 적이 있기에
잔돈 세듯 눈에 선한 곳

지형을 정확하게 모르고
인구수를 알 수 없어도

광부 아버지의 장화 발자국이 깊어
해석이 필요하지 않은 곳

갈림길을 지나가다

그가 예고한 단식일이 천둥소리를 내며
수저를 든 내 손을 내리친다

술안주로 삼던 정치인들도
칼로리처럼 따지던 대출이자도
순간 뭉개진다

죽음의 명분이 밥과 연결되고
희망 지수가 밥으로 올라간다는 사실이
숟가락 속에서 푯대처럼 흔들린다

요약할 필요도 없이
순결만이 사람을 구한다고
그의 단식일이 생각보다 힘이 센 것이다

생애에 필요한 결단은 아니라고
당돌하게 말했던 날들이
폐광 아래로 떨어진다

치료받지 않는 이유

〈표 11〉 치료받지 않는 이유

이유	돈이 없어서	치료해도 소용없을 듯	병원이 멀어서	의약분업으로 불편	기타	계
명	426	112	3	15	261	817
(%)	(52.1)	(13.7)	(0.4)	(1.8)	(31.9)	(100.0)

〈표 13〉 '돈이 없어서'라고 응답한 사람들의 월 수입액 분포(단위, 명)

수입액	~49만 원	50~99만 원	100~149만 원	150만 원~	계
명	277	115	26	7	425
(%)	(65.2)	(27.1)	(6.1)	(1.6)	(100.0)

* 정책토론 자료집 『우리는 산업폐기물이 아니다』, 한국진폐재해자협회, 2007년 9월 19일, 13쪽.

사북 골목에서

지난날의 항쟁을 지도 삼아
길을 알려주는 토민(土民)을 만나기도 하지만
작업복을 입은 아버지가 없기에
골목은 추상적이다

폭죽처럼 터지는 카지노의 불빛도
골목을 밝혀주지 못한다

폴짝폴짝 탄 먼지를 일으키며 걸어가던 아이들
사택 문을 열고 나오던 해진 옷 같은 아이들

나는 그 골목에서 아버지가 끓여주는 김치찌개를 먹으며
입갱하는 광차를
석탄이 달라붙은 도랑물을
"우리는 산업역군 보람에 산다"는 표어를
낯설게 바라보았다

마지막 방문이라고 다짐하고

16

골목 끝에서 뒤돌아보았을 때
아버지는 개집처럼 서 있었다

마술 피리

사북에서 단식투쟁을 벌이고 있는
진폐 재해자들의 이름이며 울분을
먹을 묻혀 꾹꾹 눌러쓸 생각으로
붓을 사러 갔다

문방구 주인은 나의 이야기를 듣고 나서
좋은 일을 한다며 피리 하나를 건넸다
답답한 마음을 풀기에는 제일이라고
요즘 나온 것은 기능이 아주 뛰어나
연주 기술이 필요 없고
불기만 하면 된다고 했다

나는 주인의 말을 선뜻 믿을 수 없었지만
얼른 받아들고
라 라 라 집으로 왔다

나는 울분을 붓으로 쓰는 일을 미루고

피리를 꺼내 불었다

응원이고 희망이라고 여겼는데
아무리 불어도 삑삑거릴 뿐
식은땀이 났다

나는 왜 마술 피리에 기대려고 했는가?

텔레비전 뉴스에 나오겠지요

산불을 놓는 심정으로
서울 가는 철로를 막아요

강원랜드 입구의 한 귀퉁이에 친 천막 속에서
머리띠를 동여매고
화석(火石) 같은 눈물을 흘리는 진폐 광부들

썩은 울타리 같은 처지를
용소 같은 세상에 알리겠다고
한 달째 단식이다

"막장 정신, 죽음도 두렵지 않다"
"사생결단 단식투쟁"
"우리는 산업폐기물이 아니다"

플래카드도 동참하고 있다

산불이 나면 세상이 달려오듯

우리가 철로를 막으면

굶어 죽으면

텔레비전 뉴스에 나오겠지요

빛나는 부리

1

도로를 닦느라고 깎인 산이
장마에 무너졌다
무너진 자리는 또다시 위태로워
산이 곧 쏟아져 내릴 것 같다

그 위험한 자리를 피하지 않고
먹이를 쪼는 새 한 마리

그의 부리가 빛난다

2

"노동부는 진폐 환자들의 생계비를 지원하라!"

폐광촌이 울린다

상품이 안 된다고
언론은 한 달째 관심 밖이다

야당조차 외면하고

경찰만 산처럼 에워쌌다

마침내 단지(斷指) 경력을 갖고 있는 투쟁위원장이

농성장에서 일어섰다

그의 부리가 빛난다

새까만 나무

세상을 휘어잡는 바람 같은 힘은 없지만
까막 동네를 지키고 섰다

힘 있는 명패들이
그의 거친 숨결을 비웃지만
그는 막장에 뿌리를 내린다

호소할 데가 없어도
외로워하지 않는다

낙탄을 주우려고
철로 변에 몰려든 아낙들과
호미와 체와 세숫대야가 있기 때문이다

명절에 고향 못 간 광부들이
순직한 동료의 가족이 운영하는 선술집을 찾아
한풀이를 나누기 때문이다

새까만 나무끼리
뿌리를 내리는 것이다

자기소개서

내가 만약 입사하기 위해
자기소개서를 쓴다면

개와 소와 메뚜기와 개구리와 함께한 추억을
코흘리개 짝꿍과의 우정을
자랑할 수 있을까?

강아지를 쓰다듬은 마음을
참새를 바라본 눈길을
막장 속에서 살아가는 쥐 이야기를
인감도장처럼 찍을 수 있을까?

추모사업회의 후원을
광장의 구호를
병방 작업조 광부들의 밤참을
경력처럼 내세울 수 있을까?

탄가루 묻은 공기를
파란색 보자기에 싼 아버지의 도시락을
상장처럼 꺼낼 수 있을까?

불붙은 합창

삭발한 프로메테우스 후예들이
혈서를 쓰고
구호를 외친다

막장 정신!
사생결단!
광부 정신!
사생결단!

정확한 발음으로
또렷한 강약으로
절절한 목소리로
완벽한 합창을 이룬다

합창에 불이 붙었다

인연

강원도 광산촌에서 개한테 물린 일을
시로 썼는데
내가 아는 광부는 미흡하다고 말했다

개를 원망하지 않고
그의 원시성을 노래했다고 변명했지만
인정하지 않았다

광산촌의 개에게 물린 일이
어지간한 인연이냐는 것이었다

광부의 아들로서
인연을 소금처럼 여겨온 나는
개의 울음을 듣기로 했다

1979년 광산사

1

1979년 10월 27일
문경시 은성광업소 갱내 화재 사건으로
마흔네 명의 광부가 사망했다

시체가 갱에서 나올 때마다
통곡하는 가족들
눈 뜨고 볼 수 없었다
하늘도 울었다

2

1979년 10월 26일
김재규 중앙정보부장의 총에
박정희 대통령이 시해되었다

언론들은 청와대로 몰려들었고
마흔네 명의 광부들은 세상에 알려지지 않은 채
갱 속으로 사라졌다

3

1979년 4월 14일

정선군 함백광업소에서

광차에 실려 있던 화약이 폭발해

스물여섯 명의 광부가 사망한 일도 있었다

기본 지키는 일
― 이무희 광부의 말

탄광 사고 책임으로 화약 계장 대신 유치장에 들어갔다가
몰매를 맞아 일할 수 없게 된 남편
11급 진폐 판정받고
십 년 전 세상을 떠났지요

네 아이를 키우기 위해 채탄공 남편 대신
선탄부가 되었지요

출근하면서 아이를 이웃에 맡기고
점심시간에 젖 먹이러 가면
퉁퉁 불어 못 먹이는 날도 있었지요

원탄을 분쇄기로 빻으면 검은 먼지가 하늘을 덮어
큰불이 난 것처럼 보였지요

탄가루 삼십 년 뒤집어쓰다가
마침내 13급 진폐 판정받았지요
협심증 수술도 받아

약 없으면 외출을 못 하지요

지금 천막에서 진폐 환자들이 단식투쟁하는 것은
내 일이기도 하지요
사람으로서 기본을 지키면
겁날 게 없지요

제2부

아름다운 미신

막장에 들어간 가장(家長) 무사히 돌아오라고
남편의 신발 방 안쪽으로 돌려놓는
광부 아내의 손을

조상님이 잡는다

하느님이 잡는다

기적의 기적의 기적의······ 일

사북 동원탄좌 노동자 투쟁

대우자동차 투쟁

구로동맹파업

서울노동운동연합 출범

7~8월 노동자 대투쟁

전국 노동운동단체 협의회 및 노동법 개정 투쟁본부 결성

전국노동자대회

전국교직원노동조합 결성

전노협 결성

정화 조치와 민주노조 탄압

1980년대 10대 노동조합 운동 사건들[*]

우주에는 10억 개의 은하계가 있고

은하계마다 10억 개의 별이 있다는데

기적의 기적의 기적의······ 그 별이

지구라는데

기적의 기적의 기적의······ 그 일을

사북의 광부들이 해냈구나

* 1989년 12월호 『노동해방문학』이 선정함.

광산촌 먹이사슬

- 생산자 : 모작패(하청 탄광의 하청)

- 1차 포식자 : 조광 또는 덕대(하청 탄광)

- 2차 포식자 : 모광(직영 탄광)
  사장과 성씨가 같거나 인척인 수송과장,
  검탄과장, 선탄과장도 고물 먹음

- 최종 포식자 : 광업진흥공사, 노동부, 산업자원부, 광산
  보안센터, 경찰서, 검찰(포식 물은 뒷돈, 비
  자금, 상납금, 기쁨조)

할머니의 아리랑

셋방을 구하러 다니는 골목에서도
갓난아이를 재우는 동안에도
나는 흥얼거렸네

삶의 비책은 아니었지만
내 마음속에
나이테처럼 새겼네

나는 장마가 져도 떠내려가지 않았고
폭설이 내려도 묻히지 않았네

불합격 통지에도 멍들지 않았고
대출이자에 쫓겨도 죄인이 되지 않았네

폐광촌의 어둠 같은 한밤중에도
길을 잃지 않았네

"아리랑 아리랑 아라리요
 아리랑 고개 고개로 날 넘겨주게"

봄꽃

1

"저렇게 입어봤으면 죽어도 원이 없겠네"

손님이라고는 나밖에 없는 폐광촌 분식집
여주인은 잠시 일손을 놓고
장면이 바뀔 때마다 옷차림이 바뀌는
텔레비전의 여주인공을 부러워한다

주인의 부러움이 절실함으로 들려
나의 엄살은 무너지고
명함처럼 내세우던 명분도
움츠러든다

2

"그래도 봄꽃만 할라고"

여주인의 말에
검은 땅 검은 비탈이라는 관용어를 떠올리며

산들을 바라보았다
어디도 검지 않았다

저 푸른 산들 속에
봄꽃이 피어 있을 것이다

나는 폐석장을 건너오는 봄꽃을 바라보며
라면을 먹기 시작했다

천 리 밖에 있는 사람들

내가 삼겹살을 구우며 저녁 식사를 하는 동안
그곳 사람들은 무엇을 먹을까?

내가 채소와 과일로 육류를 중화시키는 동안
그곳 사람들은 무엇으로 중화시킬까?

내가 반주를 곁들이며 정치인들을 욕할 때
그곳 사람들은 누구를 욕할까?

내가 정치인들을 욕하며 전세금 폭등에 절망할 때
그곳 사람들은 무엇에 절망할까?

내가 은행 대출의 자격과 이자를 따질 때
그곳 사람들은 무엇을 따질까?

내가 집값 폭등의 주범으로 다시 정치인들을 지목할 때
그곳 진폐 재해자들은 누구를 탓할까?

방송이 중단된 날

광업소의 스피커에서 나오던 음악도
라디오 뉴스도
공지사항도
중단된 날이면

사택가의 사람들은 큰 소리로 말하지 않았고
아이들도 뛰지 않았네

무덤 같은 집에서 숨죽이며
애간장을 끓이다가
길가로 나온 아낙들

공포의 침묵을 깨트리고
죽음의 냄새를 지웠네

갱내의 일이 큰 사고가 아니기를
설마, 설마……
서로 위로했네

저탄장에 얼굴 새기다

1

곡괭이를 놓지 않고
신화를 쓰던 막장꾼들이
죽기 전에 치료 한 번 받아보고 싶다고
눈물을 흘리네

먼지처럼 닦을 수 없고
부스러기처럼 털어낼 수 없어
낙관을 푯대로 세우지 못하는 광부들의

그늘진 눈빛

2

힘은 저절로 생기는 것이 아니라고
그림자까지 머리띠를 묶었네

막장에서 탄을 캐느라
날씨를 잊고

계절을 잊고
안전사고조차 잊은 광부들

폭죽처럼 터지지 않겠다네

　　3
모든 병사를 성(城)으로 들인 뒤
홀로 아킬레스와 맞서 싸운 헥토르처럼
창에 찔렸지만
의연함을 잃지 않는
진폐 투쟁위원장

맞서지 않으면 산업폐기물로 처분될 것이기에
기꺼이 창을 잡네

　　4
동료들의 사십구재를 인정하지 않고
지도를 접지 않고

의리를 배수진으로 치네

폐광촌 저탄장이

파도에 맞서는 것을 바라보는 광부들

그곳에 얼굴을 새기네

1980년 사북항쟁

광부답게 일할 수 없는 광부들이
광부를 광부로 여기지 않는 노조지부장을 쫓아내자

계엄사 수사본부 군인들이
광부들을 불법으로 체포해 폭행하고 고문했다

광부를 광부로 여기지 않는 언론들도

"무법 4일…공포의 탄광촌— 곡괭이 · 도끼 무장…파괴 ·
방화"
"무법 휩쓴 공포의 탄광촌— 지서 습격, 파괴…투석전"

광부들을 난동 폭도로 낙인찍었다

광부답게 일할 수 없는 광부들이
광부를 광부로 대우하는 세상 이루려고
군인들에게 맞고 또 맞았다

독론(毒論)

나는 독을 너무 먹었다
뱀을 보는 것만큼이나 싫어하면서도
습관에 밀리고 말았다

독 먹는 법을 익히려고
광산촌 풍습을 지켰고
독 먹는 일을 실수하지 않기 위해
광산촌 은어를 암기했고
독 먹는 명분을 세우려고
광산촌 단체에 가입했다

나에게 독 먹인 얼굴들은
그럴 필요가 없다고
나를 안심시켰고
때로는 격려했지만
나는 돌아서면 즉시 먹었다

독을 끊는 순간

그들의 손에 죽고 만다는 사실을

잘 알기 때문이었다

움벼 앞에서

길가에 버려진 폐타이어 같은 너에게
경제적인 가능성은 없다

아무리 재주를 부린다고 할지라도
탄가루 덮인 사택의 지붕을 씻을 수 없듯이
너는 음지일 뿐이다

신발을 벗고 들어설 따뜻한 방이 없는 너는
존재성이 없다

달려가는 광차에 흔들리며 움츠러드는 너에게
사회적인 가능성도
문화적인 가능성도
종교적인 가능성도 없다

정치적인 가능성도 없는가?

사북 안경다리에서

질척거리는 골목의 장화 발자국 소리며
광업소의 사이렌 소리며
똥골의 한숨이며

다시 들어보려고 했지만

광부들의 부적이며
다리 안에 쓰인 낙서들이며
사북사태로 덮어씌운 신문의 뉴스들을

다시 읽어보려고 했지만

카지노의 불빛이
비질해놓았구나

태백 광산의 역사

태백에서 석탄을 처음 발견한 이는
1920년경 상장면에 근무하던
조선 사람

거무내미의 먹돌배기 근처에서 주운
석탄 덩어리를
일제 관리가 알아본 것이다[*]

일제가 도계탄광 장성탄광을 개발하고
태백에서 묵호항까지 철로를 개설한 이유는
분명하지 않은가

일본 탄광으로 징용된 뒤 감시를 받으며
도급제 탄을 캐다가 죽어간
조선 광부들

그들을 묻어버린 일제가

탄광의 역사를 속이는 것은 당연한 일

지금의 장성동 금천에서
일본인이 석탄 광맥을 발견해
탄광이 시작된 것으로 알고 있던

내 몸에 든 식민지 사관이여

* 정연수, 『탄광촌 풍속 이야기』, 북코리아, 2010, 178쪽.

제3부

눈길 위에서

나의 아버지는 없고
아버지와 함께 살던 여인숙도 없고
아버지가 돌보던 개들도 없고
그 겨울바람도 없다

골목의 연탄재도
낡은 궤짝에 버려진 배춧잎이며 비닐봉지도
신문지로 덮여 있던 아이들의 똥도
아버지의 이불 속에서 몸 녹이던
그 겨울밤도 없다

날이 저물기 전에
화석처럼 남아 있는 나의 시간을
찾아가는 거리

지열이 느껴진다

사북 〈ㄱ · ㄴ서점〉에서

"다 쓰고 가라"

책 구경을 하는데
버스 정류장 화장실에서 본 낙서가 떠올랐다

나는 센티멘털한 그 말을 비웃었지만
가볍게 버릴 수 없어
책 구경을 멈추었다

서 있는 자리도
둘러싼 골목도
골목의 바람도

산업전사의 위령탑만큼 무거웠다

나는 잉여의 시간을 뒤집기 위해
『혁명』을 집어 들었다

벼랑 끝 가장(家長)들

막장 정신을 자랑하는 광부들이
다섯 번째 집회를 갖는다

투신하지 않고서는 가장이 될 수 없다고
벼랑 끝에 모여들어
화석처럼 굳어져가는 폐를 붙들고 외친다

저승사자도 두려워하지 않는 목소리들
광장을 흔든다

폐광촌이 흔들리고
하늘이 울린다

"우리는 산업전사다!"

"우리는 산업폐기물이 아니다!"

새벽 편지

요즘 들어 이런저런 생각이 많다 보니 더 일찍 깨는데, 오늘은 새벽 3시 20분에 일어났습니다. 머릿속엔 앞으로 전개될 상황이 영상처럼 떠오릅니다. 사생결단의 각오이기에 결과는 '승리'가 분명합니다.

어제 태백협회 사무실에서 긴급회의가 열렸습니다. 10월 24일 오후 2시 고한읍 강원 남부 주민(주) 앞 공영 주차장에서 갖기로 한 '재가 진폐환자 생존권 확보 총궐기 대회'를 준비하기 위한 대책회의였습니다. 그동안 정부의 정책에 대한 불만과 배신감이 커서였을까요. 진폐증의 고통과 절망이 너무 커서였을까요. 다들 강경한 발언이었습니다. 몇몇 노병의 눈에선 불꽃이 튀었습니다.

처음 생존권 확보 결의대회를 준비하던 때만 해도 이러하지 않았습니다. 그런데 지난 11일 태백 황지연못에서 가진 출정식과 서울 '광화문 결의대회'를 치르고 나서 분위기가 달라졌습니다. 톱, 도끼, 곡괭이를 들고 지하 막장으로 향하던 산업전사로 돌아온 것입니다. 저승사자도 겁내지 않는 광부, 진짜 광산쟁이로 돌아온 것입니다. "우리는 산업폐기물이 아니다!"라는 분노가 우리의 마음을 엄청나게 움직이고 있습니다.

10월 24일에 갖는 '재가 진폐환자 생존권 확보 총궐기 대회'는 고한읍 공영 주차장에서 약식 집회를 가진 후 강원랜드 호텔까지 평화행진을 합니다. 행진 도중에 갱목시위, 연탄시위로 처절한 막장의 모습을 보여줄 것입니다. 무기한 단식투쟁은 예정대로 24일부터 시작합니다.

이제 어느 누가, 어떤 군대가 불굴의 산업전사들을 가로막을 수 있겠습니까! 이번 전투는 폐광 지역의 가장 위대한 투쟁사로 기록될 것입니다.

성희직 드림

진면목

투쟁위원장이 한 달간의 단식을 종료했다

함께한 광부들과
시민들에게 감사 인사를 전하며
비인간적인 독사 때문에
버틸 수 있었다고 말했다

독사에 물리면
몸에 독이 퍼질 것이 두려워
꽉 물었다는 것이다

피 흘리는 생(生)은 싫지만
광산쟁이의 진면목을 보여주려고
이빨을 풀지 않았다는 것이다

대설 앞에서

타협을 모르는
관습을 모르는
후회를 모르는
무관심을 모르는

저 신들린 몸짓

고통을 아는
버림을 아는
피와 땀을 아는
울부짖음을 아는

저 신들린 몸짓

진드기처럼 달라붙어 있는
광부들의 한숨을

산불처럼 태워다오

봉황

1

폐광촌에서 올라온 친구가
치킨집을 개업한다기에
축하하러 갔다
근사하지 않아 편안했지만

은행 대출금이며
경찰이며
주먹패들 사이에서
제대로 장사할 수 있을지
걱정되었다

2

축하객들이 찾아오고 화환들이 도착해
나는 선물을 생각했다

"무엇으로 하면 좋을까?"
"화환이나 금일봉보다 귀한 것으로 해주게."

"그게 뭔가?"
"봉황이네."
"봉황?"

"광부의 아들에겐 손이 봉황이지."

　　3

나는 친구의 모자라는 손을 대신해
화환을 정리했다

주문받은 음식을 내놓고
식탁을 닦고
빈 그릇들을 모아 주방에서 씻었다

물기에 불은 손을 내려다보니
봉황의 모습이었다

모적(蟊賊)

집회에 갈까 망설이는 나에게 묻는다
— 결단 내릴 수 있는가?

대답하지 못하는 나에게 다시 묻는다
— 확신할 수 있는가?

나는 망설이는 이유를 알고 있다

용기가 없기 때문이다
낙관이 없기 때문이다
아프지 않기 때문이다
분노하지 않기 때문이다

그리하여 나를 모적이라고 비난하는데
광장은 말이 없다

모적의 모적이 되기로 결단을 내렸는데

전태일은 말이 없다

폐광 바람이 지나가는 저탄장에 서 있는
광부들도 말이 없다

한쪽 눈

내가 희망을 구하지 못하는 이유는
사람들이 필요로 하는 나의 한쪽 눈을
내놓지 않았기 때문이다

사람들의 희망을 인도해줄
나의 한쪽 눈을
맡기지 않았기 때문이다

나는 한쪽 눈을 배수진으로 치고
다른 한쪽 눈을 내놓을 방법을 찾으려고
화분에 물을 준다

전태일의 일기를 읽는다

광부들의 눈물을 읽는다

희망 지수에 대하여

나의 전망이 절망의 지수를 끌어내릴 수 없네
멀어진 나무와의 거리를 좁힐 수 없네

목례 같은 자세로는 정치적 감정을 폭발시킬 수 없네
투기의 소문을 자를 수 없네

공교로운 바람에 넘어진 날들이 떠오르지 않는가
그래서 오기를 품을 필요가 있지 않은가

내가 주저하면 희망 지수가 슬퍼한다는 것을 알고 있네
희망 지수가 주저하면 나 역시 슬퍼할 것이네

탄광촌 형성기부터 쇠퇴기까지의 변천사에
우산 같은 손등을 비추네

11월

1

『노동해방문학』11월호에는
"근로기준법을 준수하라!"
"내 죽음을 헛되이 하지 말라."
전태일의 절규가 비석처럼 새겨져 있다

"지금 세상에는 파괴되어야 할 질서가 있다."
효성중공업 서우근 노동자의 외침도 장승 같다

박노해는 전략 수정했다고 한 정치인을 비판하고
조정환은 보고문학창작단 조직을 제안하고
백무산은 『만국의 노동자여』에 자기 평가를 내리고 있다

2

도급제 작업으로 잘린 광부들의 손가락으로 쌓은
저탄장이
적막강산이다

집회를 연 진폐 광부들이

막장 산을 바라보는데
변한 것은 없다

체포될지 모른다는 소문이
탄가루처럼 날린다

입석 열차에서

전태일을 외면하는 사람을 만날 때마다
그의 자리에 앉고 싶다

진폐 광부들의 손을 잡지 않는 언론에도
내 자리를 만들고 싶다

내가 낡은 구두를 악착같이 신고
며칠씩 옷을 갈아입지 않고
사투리 섞인 말투를 바꾸지 않는 것도
그 자리에 앉으려는 것이다

앉아 있는 좌석에서 당연히 일어서야 하는데
나는 불안감을 느끼지 않는다

나는 불법자인가?
의적인가?

누가 나를 죄인으로 만드는가?

제4부

겨울 까마귀

몇 날간 내린 눈들이
휴가병의 군화처럼 광택을 내는 오후

썩은 이빨 같은 창살 사이로
까마귀 떼가 내린다

한 모금의 양식을 캐기 위해
여윈 다리를 모으며
흰 장벽을 내리치는 저 곡괭이질

광산촌이 들썩인다

움켜쥔 길

불을 켰지만 아픈 길

온몸에 바늘을 꽂으며
바다 같은 사랑의 싹을 틔운 길

손가락 사이로 빠져나가는 결단을 움켜쥐고
신앙인처럼 선택한 길

전태일은
1970년 8월 9일 일기장에서
"나를 버리고 나를 죽이고 가마"라고 썼다

강윤호, 김분년, 김진하, 노금옥, 민기복,
박노연, 박대성, 신　경, 신천수, 안원순,
안　재, 양규용, 오항규, 원일오, 윤병천,
윤광원, 이명득, 이원갑, 이완형, 이창식,
전선자, 전효덕, 정인교, 조행웅, 진복규,
천칠성, 최돈혁, 최흥선, 황인오……

1980년 신군부의 고문에도
사북항쟁의 길을 포기하지 않았다

성희직도
1989년 7월 20일 명동거리에서
배밀이로 갱목을 끌며
광부의 길을 움켜쥐었다

술 마시는 이유

— 어느 광부의 노래

단골집이 그리워 마시네

몸속에 든 탄가루 씻어내려고 마시네

술 생각 없어도 예방하려고 마시네

외상술 마시네

삶이 기막혀서 마시네

오늘을 위로하며 마시네

좋은 동료 만나 마시네

돼지고기 안주로 마시네

매미가 팔려온 생애가 서러워 마시네

살아갈 용기 얻고자 마시네

보약으로 마시네

퇴근길 확인하고 마시네

나무 의자에 앉아 마시네

공술도 마시네

막장 사고당한 동료가 떠올라 마시네

그에게 한 잔 주려고 마시네

한 잔 받으려고 마시네

그림자 징역

발 닦은 수건으로 얼굴을 닦다가
진한 발 냄새에
그림자 징역을 떠올린다

졸렬하게 먹은 나의 밥그릇은
파도로도 씻을 수 없구나

나는 농약 마신 작은아버지를 살리지 못했고
탄가루 덮어쓴 아버지를 옹호하지 못했다

살아가기에 바쁘다고
이익 창출에 도움이 되지 않는다고
덮기에 급급했다

그림자 징역을 수행하는 일

종일 광산촌을 걸으며 내린 결심이다

보도자료*
― 주응환 한국진폐재해자협회 회장

대한민국에서 진폐 환자들은 누구이던가?
전쟁터처럼 위험한 지하 막장의 불을 훔쳐
엄동설한의 국민들 등을 따뜻하게 하고
김이 무럭무럭 나는 밥과 국을
먹을 수 있도록 하지 않았는가?

그런데 먹고살 만해졌다고
고려장하듯 내팽개치고 있지 않은가?
산업폐기물 취급하지 않는가?

노동부가 약속한 생계비 지원은 감감무소식이고
진폐 판정도 엉터리고
인권도 복지도 외면하고 있다

배신과 분노와 절망에 몸을 떨다가
마침내 사생결단의 심정으로

광화문 광장에 모이기로 했다

무슨 일이 벌어질지 모른다

* 한국진폐재해자협회 엮음, 『프로메테우스 후예들』(재가진폐환자생
  존권 투쟁백서), 화남, 2008, 34~35쪽.

벽

"화려하지도 못한 벽에
억지로 도취되어야 된단 말인가?"

전태일이 절감했던 벽

밥과 집과 옷의 그림자를 대동할 수 없고
갑방 을방 병방 교대 근무와
도급제 작업에 지쳐
광부들이 절망했던 벽

나는 그 벽 앞에서
책을 읽는다
인터넷 뉴스를 뒤진다
광산진폐권익연대의 활동 일지를 살핀다
또 다른 벽을 구상한다

때로는 벽이 없다고 부인하고

때로는 벽이 있다고 인정한다

화려하지도 못한 벽에
나는 억지로 도취되어 있지 않은가?

연기를 하러 가다

1

"인생은 연극
슬픈 연기를 하지 말자"

스물두 살의 전태일이 캄캄한 지상에서 남긴 목소리

풍선처럼 부풀어 오른 나의 소심함을
바늘처럼 터트린다

나는 부드러운 미소를 띠면서
당황까지 의지가 될 수 있다고 말한다

2

"인생은 연극
양심의 가책을 받지 않는, 대중을 위한 연기를 하자"

스물두 살의 전태일이 등 푸른 지상에서 남긴 목소리

폐광촌 광부들을 관념적으로 바라볼 수 없게

나의 일기를 흔든다

생수 같은 시간을 챙겨 가방에 넣고
사북행 버스를 탄다

꽃 이름

이름 모르는 꽃들을 바라보다가 매일 아침 천 개가 넘는
세계의 산 이름을 외웠다는 어느 시인을 떠올린다

일제와 독재 정권에 빌붙은 그 시인을 경멸하면서 나는
왜 꽃 앞에서 그를 떠올리는가

죽은 호랑이라고 조롱하는가
반역 정신을 무화시키는 나의 기억력 감퇴가 드러난 것
인가

나에게는 안타깝고 슬프고 아프면서도 순하고 부지런하
고 단단했던
아버지가 있지 않는가
아버지를 살린 광부들이 있지 않는가

나는 왜 그들의 이름을 꽃 이름으로 부르지 않는가

개구멍*

구멍이 작다고 비상구로 쓰지 않는 것은
안일한 판단이다

바늘구멍을 통과하는 데는
절실한 몸이 필요하다

몸의 윤리
몸의 신념

막장의 개구멍을 연 광부처럼
몸을 깎아야 한다

* 개구멍 : 작은 갱도라는 뜻의 속어. 정연수, 『한국 탄광시 전집』, 푸
른사상사, 2007, 1443쪽.

짐 챙기는 날

레미콘이 뜨자
삽에 묻은 시멘트를 탁탁 털며 우리는
허리를 편다

개구리울음이 끈질기게 달라붙고
장화 가득 안개가 들어차는 저녁

석 달 동안의 공사가 끝나
이제는 짐을 챙겨야 한다

아직 일자리가 없어 어디서 일할 수 있을지
발판을 내려오며
광산촌 전등 아래로 깔린 안개숲을
휘휘 삽날로 걷어낼 뿐이다

새날이 있을까?

하늘의 별처럼 어금니를 물고

우기를 걱정하는 개구리울음까지 못 주머니에 담아

막사로 돌아간다

검은 길

우리는 출근할 때도 퇴근할 때도
명절에 고향 갈 때도
검은 길을 밟지요
연인을 만나러 갈 때도
빨리 가기를 원하며 걷지요
눈 내리고 소나기 쏟아지고 태풍이 불고
군데군데 파여 있어도
용케용케 다니지요
핏자국이 선명한 사고를 보고도
적당히 피해 지나가지요
검은 길이 낳은 검은 기침
검은 눈물 검은 소문 검은 눈초리 검은 그림자
데리고 가지요
검은 길을 둘러싼 검은 안개
검은 분진 검은 경고판 검은 기억
헤치고 가지요
검은 공기를 마시며 푸른 잎 내는
가로수를 바라보지요

검은 언덕 너머의 길을

개울가의 버들가지처럼 꿈꾸지요

목적의 목적

1

표를 끊은 뒤 대합실의 벽시계를 보니 출발 시간이 삼십 분이나 남아
화장실에 다녀오기로 했다

며칠 동안 화장실에 가지 않았기에 일이 쉽지 않아
최우선의 목적으로 정했다

2

대합실로 돌아와 벽시계를 보니 차가 떠난 지 삼십 분이 되었다

어떻게 한 시간이나 화장실에서 보냈단 말인가
시간보다 목적을 중요하게 여긴 일이 옳은 것인가

3

단식투쟁에 들어간 광부들이 손짓하고 있었다

나는 당황한 채 사북행 표를 끊었다

　　4

전태일은 나에게 일러주었다

— 목적이 문제가 아니다 목적의 성공이 목적이다

첫눈 오는 날

야근 끝내고 오는 남편 맞기 위해 사택 골목 어귀에 다소
곳이 서 있는 새색시처럼

이것 좀 먹어봐, 불쑥 방문을 열고 비지찌개 한 그릇 들여
놓는 옆방의 할머니처럼

하여간 굶지는 마라, 뭘 해도 몸이 성해야지, 식당에 일하
러 다니는 작은고모님의 염려처럼

눈이 내린다

이런 날은 조원들과 대폿집에 들어가 사장을 안주 삼아
소주잔을 들고 싶고

얼큰히 취해 귤 한 봉지 사 들고 집에 들고 싶고

아내의 잔소리를 피해 허풍을 좀 떨다가 월급봉투를 쑥
내밀고 싶고

기적

— 배대창, 김기전, 전재운, 송신광 광부

1982년 8월 20일
한성광업소 하청인 태백탄광의 광부들이
물통사고로
지하 350미터에 갇혔다

발파 작업의 순간
석탄층에 들어 있던 물줄기가
갱도로 쏟아져 들어온 것이다

한 치 앞도 보이지 않는 막장에서
갱목 껍질을 벗겨 먹으며 허기를 달랬고
서로의 체온으로 추위를 막았다

구조될 것이라는 희망과
죽게 될 것이라는 공포가
하루에도 수십 번씩 든 14일 9시간째

장례준비를 하던 가족 앞에 네 얼굴이
광부의 이름으로 나타났다

사북 골목에서,
광부와 탄광촌 주민에게 바치는 헌사

정연수

탄광이 들어선 지 백 년 동안 광부의 삶 자체가 막장이자, 희생이었다. 일본제국주의에 의한 강제노역과 석탄자원 수탈이 있었고, 6 · 25 한국전쟁 와중에도 피난 대신 탄을 캐야 했다. "우리는 산업전사다!"(「벼랑 끝 가장(家長)들」)라고 외치던 광부들은 허울뿐인 '산업전사' 칭호와 '증산보국' 사명감 속에서 연평균 200명 이상이 탄광 막장에서 목숨을 잃었다. "막장 정신, 죽음도 두렵지 않다"(「텔레비전 뉴스에 나오겠지요」)는 광부의 희생을 딛고 한국 산업 발전이 가능했으나 이젠 기억하는 사람도 드물다. 산림녹화나 서민의 연료 같은 알려진 공헌 외에도 영동선과 태백선 같은 철도망 개설, 두 차례의 세계적인 석유파동을 극복하고 산업화를 이룬 공로 역시 광부 덕분이다.

주탄종유(主炭從油)에서 주유종탄(主油從炭)으로 에너지 정책이 변화하면서 석탄산업은 사양화 길로 접어들고, 전국의 탄광촌은 폐광촌으로 전락했다. 탄광촌은 한국 산업을 지탱하던 광부 가족의 고단한 삶이 공동체를 이루던 장소이다. 고향을 떠날 수밖에 없던 사람들, 산업화를 시작한 대도시에서 정착하지 못하고 떠날 수밖에 없던 사람들이 일군 공동체였다. 이 땅에서 가장 소외된 민중이 모여서 '국가 산업 에너지'라는 거창한 신념을 진정으로 받들다, 다시 버림받은 공간이다. 폐광 이후 실직과 직업병으로 내몰리면서, 돌아갈 곳조차 없는 절망의 나날이 여전히 진행 중인 공간이다.

그런 점에서 석탄산업사는 한국 산업사의 축소판이며, 노동자 중에서도 가장 열악한 환경에 처한 이들이 광부였다. 1980년대 문학권에서 민중문학이나 노동문학 담론이 유행처럼 논의될 때조차, 당시 6만 명 넘게 종사하던 광부의 삶은 문학에서도 소외되었다. 요즘은 참여문학, 실천문학, 노동문학, 민중문학 등의 용어를 진부하다거나 유행이 지난 것처럼 여길지도 모르겠다. 하지만 여전히 광부는 현재 운영 중인 4개 광업소(장성·도계·경동·화순)의 막장에서 팔리지 않는 탄을 캐고 있다. 또 실직 광부들은 탄광촌의 언저리를 맴돌거나, 직업병인 진폐증을 앓고 있다.

"노동부는 진폐 환자들의 생계비를 지원하라!//폐광촌이 울린다//상품이 안 된다고/언론은 한 달째 관심 밖이다/야당조차 외면하고/경찰만 산처럼 에워쌌다"(『빛나는 부리』)는 고발은 오늘날 탄광촌의 모습이자, 우리 시대의 자화상이다. 화이트칼라까지 노동자로 등장한 이후부터 진짜 노동자들은 더 비참한 아웃사이더로 내몰리고 말았다. 공무원·교사·사무직 등의 노동자가 맹위를 떨치면서 권리를 찾아가는 동안 실직 광부나 직업병을 앓는 광부,

그리고 그 가족들의 삶은 예나 지금이나 캄캄한 막장에 갇혀 있을 뿐이니 말이다.

　이런 현실 속에서 등장한 맹문재의 시집『사북 골목에서』는 한 시대의 위로이자, 이가 빠진 한국문학사의 중요한 복원 과정이라 하겠다. 탄광노동자와 탄광촌을 향한 애잔한 시선, 웅숭깊은 사랑을 머금은 시편 하나하나가 석탄산업의 그늘에 희생된 광부에게 바치는 헌사이다. 광부의 삶은 대를 이어 막장에서 헌신하고도 버려졌으며, 탄광촌은 여전히 춥고 캄캄하지만, 그의 시가 있어서 모처럼 위로를 받는다. 탄광촌에서 태어나 청춘을 광업소에서 보냈던 나는 노동문학을 집대성한 맹문재의 연구를 훔치면서 진 빚이 많은데, 이번 시집에서 또 큰 빚을 지는 마음으로 시를 읽는다.

　　　　지난날의 항쟁을 지도 삼아
　　　　길을 알려주는 토민(土民)을 만나기도 하지만
　　　　작업복을 입은 아버지가 없기에
　　　　골목은 추상적이다

　　　　폭죽처럼 터지는 카지노의 불빛도
　　　　골목을 밝혀주지 못한다

　　　　폴짝폴짝 탄 먼지를 일으키며 걸어가던 아이들
　　　　사택 문을 열고 나오던 해진 옷 같은 아이들

　　　　나는 그 골목에서 아버지가 끓여주는 김치찌개를 먹으며
　　　　입갱하는 광차를
　　　　석탄이 달라붙은 도랑물을

"우리는 산업역군 보람에 산다"는 표어를
낯설게 바라보았다

마지막 방문이라고 다짐하고
골목 끝에서 뒤돌아보았을 때
아버지는 개집처럼 서 있었다

　　　　　　　　　　　　—「사북 골목에서」 전문

　사북의 과거와 현재를 한 편의 시 속에다 완전히 녹여냈다. "지
난날의 항쟁"은 "광부답게 일할 수 없는 광부들이/광부를 광부로
여기지 않는 노조지부장을 쫓아내"(「1980년 사북항쟁」)면서 시작한 사
북의 과거를 의미한다. 탄광노동자의 민주화운동으로 인정받은
1980년 4월 사북항쟁은 계엄령을 뚫고 시작한 광부들의 투쟁이자,
5·18 광주민주화항쟁으로 이어지는 역사 선상에 있다. 반면, "폭
죽처럼 터지는 카지노의 불빛"은 사북의 현재적 정체성을 반영한
다. 대규모 폐광에 대한 대안을 촉구한 주민 운동 끝에 사북 주민
은 '폐광지역개발특별법' 제정과 국내 유일의 내국인 출입 카지노
를 설립할 수 있었다. 사북의 원형은 "작업복을 입은 아버지"가 "입
갱하는 광차"를 타던 곳이었으나 폐광 이후 그 가치는 훼손되고
말았다. "골목 끝에서 뒤돌아보았을 때/아버지는 개집처럼 서 있
었다"는 진술은 문 닫은 갱구의 사북탄광촌과 실직 광부의 실존적
시간을 쓸쓸한 영상처럼 클로즈업한다.

　　강원랜드 입구의 한 귀퉁이에 친 천막 속에서
　　머리띠를 동여매고

화석(火石) 같은 눈물을 흘리는 진폐 광부들

썩은 울타리 같은 처지를
용소 같은 세상에 알리겠다고
한 달째 단식이다

"막장 정신, 죽음도 두렵지 않다"
"사생결단 단식투쟁"
"우리는 산업폐기물이 아니다"

플래카드도 동참하고 있다
　　　　　　　　　　　—「텔레비전 뉴스에 나오겠지요」 부분

　강원랜드 카지노가 들어선 뒤, 사북은 천지개벽을 했다. 그러나
'산업폐기물'이 된 실직 광부에겐 그림의 떡이다. "강원랜드 입구
의 한 귀퉁이에 친 천막 속에서/머리띠를 동여매고/화석(火石) 같
은 눈물을 흘리는 진폐 광부들"은 세계 10대 경제대국이라고 자찬
하는 한국의 현실과 극명한 대조를 이룬다. 강원랜드 카지노의 화
려함과 진폐 광부의 허름한 천막이 사북의 현실을 적나라하게 고
발한다.
　읍면 단위의 탄광촌이야 정선군 내에서도 고한읍을 비롯하여
신동읍 · 남면 · 여량면 · 북평면 등이 있는데, 맹문재는 사북읍에
더 주목한다. 우리나라에서 가장 규모가 큰 탄광촌인 태백시의 장
성동 · 황지동 · 철암동도 있고, 삼척시의 도계읍, 강릉시의 옥계
읍, 영월군의 마차리 등이 있는데 말이다. 그뿐이랴, 경북 문경시
의 가은읍이라든가, 충남 보령시의 청라면 · 성주면, 그리고 전남

화순군의 동면 · 동복면 · 한천면 · 이양면 등 이십 곳이 넘는 탄광촌이 있다. 그런데도 사북에 천착하면서, "광부 아버지의 장화 발자국이 깊어/해석이 필요하지 않은 곳"(「사북」)이라고 고백할 정도로 장소에 대한 친화력을 내세운다. 탄광촌의 전형을 세워 광부들의 삶이 지닌 공동체적 정체성과 그 원형을 세상에 알리려는 의지를 품었을 것이다.

> 사북에서 단식투쟁을 벌이고 있는/진폐 재해자들의 이름이며 울분을/먹을 묻혀 꾹꾹 눌러쓸 생각으로/붓을 사러 갔다//문방구 주인은 나의 이야기를 듣고 나서/좋은 일을 한다며 피리 하나를 건넸다//…(중략)…//나는 울분을 붓으로 쓰는 일을 미루고/피리를 꺼내 불었다
>
> ─「마술 피리」 부분

인용시를 통해 맹문재는 먼발치에서 사북을 바라보는 것이 아니라, 탄광촌 안에서 광부들과 호흡하면서 온몸과 마음을 부대끼고 있다는 것을 확인할 수 있다. 위의 시는 "투신하지 않고서는 가장이 될 수 없다고/벼랑 끝에 모여들어/화석처럼 굳어져가는 폐를 붙들고 외"(「벼랑 끝 가장(家長)들」)치는 실직 진폐 재해자들이 생존을 위해 단식투쟁을 벌일 때 사북으로 위문 왔던 당시 심정을 담은 것이다. 언론도 외면하던 2007년 당시, 맹문재는 몇 편의 시를 통해 농성을 벌이던 진폐 광부들에게 큰 용기와 위안을 준 바 있다.

진폐 재해자들의 통계를 그대로 차용한 「치료받지 않는 이유」, 성희직 투쟁위원장의 인사 편지를 그대로 시화한 실험은 탄광

촌이 처한 현실을 기록하고자 하는 시인 정신의 일환이기도 하다. 그런 기록을 접할 수 있는 자체가 진폐 재해자들의 투쟁 깊숙이 들어선 실천적 참여의 산물일 것이다. 또 다른 시「보도자료」와「새벽 편지」역시 그 투쟁의 현장에서 획득한 것인데, 맹문재의 실천적 활약은 한국진폐재해자협회가 발행한 투쟁백서『프로메테우스 후예들』이 증명하고 있다. 시와 기록의 경계를 넘어서며 탄광촌 역사를 문화로 승화하고, 사회적 약자를 대신하여 울분의 피리를 불어대는 그것만으로도 이 시집은 이미 커다란 가치를 지닌다.

맹문재의 시에 등장하는 "탄가루 덮어쓴 아버지"(「그림자 징역」) 광부는 타인이 아니라 '나의 아버지'이다. 나와 타자의 경계를 넘어서는 그 힘은 노동자의 연대이기도 하다. "나에게는 안타깝고 슬프고 아프면서도 순하고 부지런하고 단단했던/아버지가 있지 않는가/아버지를 살린 광부들이 있지 않는가"(「꽃 이름」)에서처럼 서로가 목숨을 살리기 위해, 목숨을 내놓은 막장의 숭고한 삶이 있었다. 갱내 사고 때는 "한 치 앞도 보이지 않는 막장에서/갱목 껍질을 벗겨 먹으며 허기를 달랬고/서로의 체온으로 추위를 막"(「기적─배대창, 김기전, 전재운, 송신광 광부」)던 연대 의식을 실제 사건을 통해 드러낸다. 광부끼리의 연대는 사회적 연대를 향해 더 확장한다. "삭발한 프로메테우스 후예들이/혈서를 쓰고/구호를 외친다//막장 정신!/사생결단!/광부 정신!/사생결단!"(「붉붉은 합창」)은 광부들의 연대이자, 사회가 연대하여 약자를 지켜달라는 호소이기도 하다.

1979년 10월 27일/문경시 은성광업소 갱내 화재 사건으로/
마흔네 명의 광부가 사망했다//시체가 갱에서 나올 때마다/통

곡하는 가족들/눈 뜨고 볼 수 없었다/하늘도 울었다//1979년
10월 26일/김재규 중앙정보부장의 총에/박정희 대통령이 시해
되었다//언론들은 청와대로 몰려들었고/마흔네 명의 광부들은
세상에 알려지지 않은 채/갱 속으로 사라졌다//1979년 4월 14
일/정선군 함백광업소에서/광차에 실려 있던 화약이 폭발해/
스물여섯 명의 광부가 사망한 일도 있었다

—「1979년 광산사」 전문

위의 시는 언론과 대중의 관심조차 받지 못한 순직 광부에 대한
애도사이자, 잊힌 탄광사에 대한 복원이다. 한국 탄광 사고 중 가
장 큰 희생자를 기록하고도, 박정희 시해 사건에 가려지고 만 비
극을 고발한다. 동시에 그러한 대형 인명사고는 경북의 은성광업
소만이 아니라, 강원의 함백광업소에서도 있었다는 연속성을 고
발한다. 이 모두가 실제적 사건이란 점에서 주목할 필요가 있는
데, 「기적」이라는 작품 역시 "광부들이/물통사고로/지하 350미터
에 갇혔"던 실화를 다룬다. 이번 시집에서는 탄광노동에 대한 기
록과 광부들의 투쟁에 대한 서사가 돋보인다. 그런 점에서 이 시
집은 탄광문학에 대한 귀중한 이정표를 제공할 뿐만 아니라, 문학
이 역사에 기여하는 긍정적 가치를 입증하고 있다.

탄광 사고 책임으로 화약 계장 대신 유치장에 들어갔다가/
몰매를 맞아 일할 수 없게 된 남편/11급 진폐 판정받고/십 년
전 세상 떠났지요//네 아이를 키우기 위해 채탄공 남편 대신/
선탄부가 되었지요

—「기본 시키는 일 — 이무희 광부의 말」 부분

일제가 도계탄광 장성탄광을 개발하고/태백에서 묵호항까
지 철로를 개설한 이유는/분명하지 않은가//일본 탄광으로 징
용된 뒤 감시를 받으며/도급제 탄을 캐다가 죽어간/조선 광부
들//그들을 묻어버린 일제가

— 「태백 광산의 역사」 부분

「기본 지키는 일」은 여자 광부의 실제적 삶을 실명으로 다루고
있다. 우리 사회는 여자 광부가 있다는 것조차 모르는 이들이 많
은데, 선탄부는 탄광사고로 남편을 잃은 이들이 담당했으니 그들
의 삶이 얼마나 기구했던가. 우리 시대가 무시했던 가장 소외된
계층의 삶을 기록하고, 문학 속 주인공으로 등장시키는 것은 그들
의 한을 풀어주는 과정이기도 하다. 기록 정신은 제목에 '역사'를
쓴 것에서도 확인되지만, 탄광촌 형성 초기의 과정까지 담고 있는
자세에서 분명하게 드러난다. 한국의 탄광촌은 일본제국주의 수
탈의 산물이지만, 이에 대한 사회학적 연구조차 드물다. 이러한
터에 시적 장르를 통해 역사를 기록한다는 것은 매우 의미 있는
일이다. 기록을 통한 역사의 복원이라는 진정성을 엿보았다.

탄가루 묻은 공기를/파란색 보자기에 싼 아버지의 도시락
을/상장처럼 꺼낼 수 있을까?

— 「자기소개서」 부분

막장에 들어간 가장(家長) 무사히 돌아오라고/남편의 신발
방 안쪽으로 돌려놓는/광부 아내의 손을//조상님이 잡는다//
하느님이 잡는다

— 「아름다운 미신」 전문

광업소의 스피커에서 나오던 음악도/라디오 뉴스도/공지사
항도/중단된 날이면//사택가의 사람들은 큰 소리로 말하지 않
았고/아이들도 뛰지 않았네//무덤 같은 집에서 숨죽이며/애간
장을 끓이다가/길가로 나온 아낙들//공포의 침묵을 깨트리고/
죽음의 냄새를 지웠네//갱내의 일이 큰 사고가 아니기를/설마,
설마……/서로 위로했네

—「방송이 중단된 날」 전문

지역 사람이 아니면 알 수 없는 탄광촌 풍속의 속살이 뭉클하게
다가온다. 「자기소개서」는 광부의 액을 막기 위해 청색이나 홍색
보자기로만 도시락을 싸던 금기 행위를 담고 있다. 「아름다운 미
신」은 "막장에 들어간 가장(家長) 무사히 돌아오라고/남편의 신발
방 안쪽으로 돌려놓는/광부 아내의" 절실한 마음을 '아내의 손'을
통해 드러낸다. 이 손을 잡는 조상님과 하느님이 등장한 구절은
하늘을 감동하게 한 아내의 마음이자 시적 미학의 절창이다. 「방
송이 중단된 날」은 사택가에 울려 퍼지던 광업소의 스피커가 사고
가 날 때마다 중단되면서 가족들을 불안한 공포로 몰아넣던 심리
를 잘 묘사하고 있다.

맹문재는 도회지에 살면서도 그의 시선은 늘 탄광촌 안을 향한
다. "내가 삼겹살을 구우며 저녁 식사를 하는 동안/그곳 사람들은
무엇을 먹을까?//…(중략)…//내가 집값 폭등의 주범으로 다시 정
치인을 지목할 때/그곳 진폐 재해자들은 누구를 탓할까?"(「천 리 밖
에 있는 사람들」)에서처럼 시공간을 뛰어넘는다. 이는 탄광촌과 광부
에 대한 관심이자 애정이다. 탄광촌 출신인 내가 그의 시를 읽으
면서 뭉클한 인정에 감동하거나, 고맙다는 인사를 거푸 쏟고 싶은

건 바로 그런 시선 때문이다.

전태일은/1970년 8월 9일 일기장에서/"나를 버리고 나를 죽이고 가마"라고 썼다//강윤호, 김분년, 김진하, 노금옥, 민기복,/박노연, 박대성, 신 경, 신천수, 안원순,/안 재, 양규용, 오항규, 원일오, 윤병천,/윤광원, 이명득, 이원갑, 이완형, 이창식,/전선자, 전효덕, 정인교, 조행웅, 진복규,/천칠성, 최돈혁, 최홍선, 황인오…… /1980년 신군부의 고문에도/사북항쟁의 길을 포기하지 않았다//성희직도/1989년 7월 20일 명동거리에서/배밀이로 갱목을 끌며/광부의 길을 움켜쥐었다

―「움켜쥔 길」부분

전태일이 절감했던 벽//밥과 집과 옷의 그림자를 대동할 수 없고/갑방 을방 병방 교대 근무와/도급제 작업에 지쳐/광부들이 절망했던 벽

―「벽」부분

나는 한쪽 눈을 배수진으로 치고/다른 한쪽 눈을 내놓을 방법을 찾으려고/화분에 물을 준다//전태일의 일기를 읽는다//광부들의 눈물을 읽는다

―「한쪽 눈」부분

「움켜쥔 길」에서는 시대가 바뀌어도 개선되지 않은 노동자의 열악한 조건을 시간순으로 증거하고 있다. 예컨대 1970년의 전태일 분신 투쟁, 1980년의 사북탄광 노동자 투쟁, 1989년의 광부 성희직의 투쟁에서 보듯 힘없는 노동자는 여전히 열악한 처지에 놓

여있다. 세상이 외면한 노동자의 소외를 광부를 통해 전하고 있다. "전태일이 절감했던 벽"은 사라지지 않고, 여전히 남아서 "갑방 을방 병방 교대 근무와/도급제 작업에 지쳐/광부들이 절망했던 벽"(「벽」)으로 이어진다. 이를 파악하는 시대 정신의 '한쪽 눈'은 "전태일의 일기를 읽는다//광부의 눈물을 읽는다"(「한쪽 눈」)로 이어지면서, 모순을 직시하도록 돕는다.

인용한 시 외에도 「연기를 하러 가다」, 「입석 열차에서」, 「모적(盜賊)」 등이 전태일과 광부의 노동을 연계하고 있다. 이는 전태일과 광부를 동일시하여 대사회적 메시지를 강화하려는 장치이다. 전태일로 상징되는 열악한 노동환경에 대한 고발을 오늘의 광부들로 대신하는 것이다. 전태일의 뜨거운 노동과 살신공양이 광부의 삶과 다르지 않았다는 것을 보여주는 것이며, 과거 전태일의 노동현실과 현재의 광부가 처한 노동 현실이 전혀 다르지 않다는 비판이기도 하다.

"막장 정신을 자랑하는 광부들"(「벼랑 끝 가장(家長)들」)은 늙고 병들어 방치되고 있지만, 맹문재의 시집을 통해 영원한 산업전사로 거듭나고 있다. 이 시집은 한국산업사에 대한 시적 기록이자, 한국탄광촌 100년사가 낳은 미학의 결정체이다. 탄광촌의 역사와 광부의 삶을 이만큼 사실적이고 진지하게, 그리고 애정 있는 자세로 기록한 글이 있었을까? 탄광촌 구성원의 한 사람으로서 깊이 감사를 드린다. 더불어 문제 현장을 외면하던 한국문학이 이 시집에 빚졌다는 것을 함께 상기하고자 한다.

鄭然壽 | 시인 · 문학박사

크고 의미 있는 징검다리

황인오

지난 8월 7~8일 신종 코로나바이러스가 창궐하는 미증유의 사태로 인해 대책 없이 연기되었던 사북항쟁 40주년 행사가 근 100여 일 만에 사북읍에서 열렸다. 40년 전 4월 국내 최대 민영 탄광인 동원탄좌 사북광업소 노동자와 가족 약 5,000여 명이 개발독재정권과 탄광 자본, 그리고 그들의 하수인인 어용 탄광노조의 3각 동맹에 의한 강압적 노동통제 정책에 항거하여 일어난 사건이 사북항쟁이다.

앙상 레짐의 가장 약한 고리에서 먼저 균열이 일어나 마침내 체제의 근간을 흔들어 무너뜨린다는 혁명이론이 진짜 맞는 것인지 어떤지 알 수 없다. 1980년 당시 사북과 탄광 지역이 가장 약한 고리이긴 했을까? 아마도 5월의 광주를 향해 가는 크고 의미 있는 징검다리이긴 했을 것이다.

군사독재정권이 자신들의 폭압적 통치를 정당화하기 위해 탄광

노동자들의 고혈을 짜내어 채굴한 석탄으로 서민들의 난방과 취사를 싼값에 유지하는 데 골몰한 나머지 사북과 태백탄전 일대에서 일어나는 꿈틀거림을 미처 알아채지 못했을 것이다. 하나의 거대한 사건 사고가 일어나기 전에 300번의 징후가 보이고, 29번의 작은 사건 사고가 나타난다는 이른바 하인리히 법칙이 있다. 아마도 사북과 태백탄전이 그랬을 것이고, 유신독재 체제가 김재규의 총탄에 일단 종말을 맞은 것도 비슷했을 것이다.

40년이 지난 사북항쟁은 아직도 미완의 숙제로 남아 있다. 사북항쟁 40주년을 기념하는 뜻있는 시인들의 합동시집 『광부는 힘이 세다』에서 많은 시인들이 그날 이후의 탄광과 탄광 노동자, 탄광 지역민이 처한 현실을 고발하고 증언해주었다. 이 시집을 기획하고 엮어낸 맹문재 시인은 사북 광부의 아들이다. 잠수함의 토끼처럼 갱 속의 카나리아처럼 시대의 염증, 병증을 앞서서 고발하고 증언하는 무거운 사명을 자임하는 시인이 마침 사북 광부의 아들로서 절절한 망부가이자 미완의 사북에 바치는 헌시를 내놓았다.

사북의 남은 과제들을 하나씩 풀어나가는 데 맹 시인의 노래가 크고 의미 있는 징검다리가 되어 더 많은 이들의 심장에 닿기를 간절히 소망한다. 맹문재 시인께 감사드린다.

황인오 | 사북항쟁동지회 회장

푸른사상 시선 135

사북 골목에서